KB113173

줄무늬 비닐 커튼

줄무늬 비닐 커튼

채호기 시집

민음의 시

290

민음사

허공에 창문이 생긴다. 허공의 단면처럼.
생각하는 사물들과 생동하는 쓰레기들 사이,
창문에 선홍빛 살 피 신경들 나란히,
창 안에 느낌의 이행과 감각 속도,
창에 줄무늬 비닐 커튼 ……
점등 …… 열기 …… 향기 ……

2021년 10월
채호기

차 례

자기부상 : 자기부상

*일러두기: 이 책은 2017년 5월부터 2020년 1월까지 '자기부상 : 文대봄'이라는 제목으로 써 온 연작들을 모은 시집이다. 그러다 보니 이전 시집 『검은 사슴은 이렇게 말했을 거다』(문학동네, 2018)에 실린 다섯 편의 시들(「자기부상 : 文대봄」「이명」「우뚝한 돌 그리고 구멍」「지면」「아무것도 아닌」)이 연작의 특성상 중복 게재되었다.

자기부상 : 자기부상

질주하는 눈 폭풍 속에 결정적인 한 송이 흰 것의 멈춤
지우거나 쓸 수 없는 희디흰 잔혹한 문장

검은 별들을 지나 우주 공간을 통과하는 비행선은
몸 안에 궤적을 남긴다

캄캄한 화면에 흰 광점 ⋯⋯➔ 밝은 상처 ⋯⋯➔ 흐릿한
창문 ⋯⋯ 가늘고 옅은 줄무늬 비닐 커튼

물속의 공기 방울

기포들이 떠오른다, 물속에

그걸 보고 있는 유리통 밖의
내가 아닌,
유영하는 기포가 나인, 그리고 또한
말이 나인데, 물속의 공기 방울
들리지 않는 ……

떠오른다. 물보다 가벼운 공기가
수면까지, …… 그 경계인 수면
을 벗어나며 …… 탈출하려 ……

기포는 물 밖으로 나오는 순간
터진다, …… 죽는다.
들리지 않던 말은, 말 없는 기포는
수면을 나오며, …… 입 밖으로 탈출하며
소리가 된다, …… 말.

기포는 터진다 ……

나는 죽는다 ……
말이 남는다 ……

물 밖에서의 죽음, …… 그 죽음
은 공기가 터져 공기에 섞이는 것.
내가 말이 되는 전환. (비밀) 행동.

액체의 경계선을 뛰어넘는
나의 죽음은 소리의 탄생으로 이어져
말이 터져 청각에 섞이는 것.

오롯이 말만이 남는
그런 시공간?

내가 말이 되는 것, 즉 말이

나를 대체할 때, 즉시,
아니, 그 좀 전에, 들으려는 이,
가 말하려는 것을 대신하는 이고,

그이는 곧 듣는 이요 말하는 이니,
재반복하는 듣는 이-말-말하는 이,
여기-지금 아래 망각하는,
망각이 쌓이는 여기들-지금들에

숱한 나들!

을 숱하게 되풀이 살아온,
숱한 죽음을 뚫고 되돌아오는,
오늘-여기의 나는?

전적으로 다른 타자인 나는?

'나'는 나의 반복일 때만 나다
되돌아올 수 없는 것이 돌아온다

이제 나는 떠났다

이제 나는 떠났으며,

이제 (   ) 나의 몸을 마주한다.

(나의 몸? …… 신체? …… 나 이전의, 또는 나 이후의
…… ?

어떤 누구의 신체?)

어떤 두뇌가 있어, 어떤 신체의 작은 부분인 두뇌가

자신을 포함하고 있는 그 신체를 들여다볼 경우,

문득 두뇌는 중얼거리게 되고 …… 이윽고 두뇌는 표현
하는 말

을 갖고 '나'라는 인칭으로 다시 태어난다.

이제 나는 (   ) 몸을 마주한다.

(몸? …… 신체? …… 몸 이전의, 또는 몸 이후의 …… ?

어떤 신체?)

신체는 장소다.

새들이 앉았다 날아가는 나무,
개미들이 줄지어 지나가는 나무,
바람이 지나가며 바람의 표정을 일으키는,
그게 지나가는 나무의 표정이듯 우연의 장소다.

그 장소는 무엇을 담기만 하는 그릇
과는 다른 바다의 표면이다.
수많은 뾰족뾰족한 흥분과 구렁 들이
들끓는 파도의 기분으로 퍼져 나가는.

신체는 모든 충동들이 일렁이는
파도의 우연한 형태들이 짓는
우연의 산물이다. 그 신체의 일부인
두뇌가 충동에 자극받아
두뇌가 내가 되어

신체를 바라볼 때,
천변만화하는 파도가 신체이며
솟구치고 가라앉는 충동이다, 그때

두뇌로부터 신체는 원경으로 멀어진다.
두뇌는 멀어지는 신체를 언어로 끌어당긴다.
"나의 몸"

나는 나의 몸을 마주한다.

이제 나는 떠났으며,
이제 나는 나의 몸을 마주한다.

신체가 있다

어떤 공이 있다. 평면 위에 멈춰 있는 점.
어떤 공이 멈춰 있다. 평면 위에 원 아닌 구로.
(귤을 평면에 넣으려면 찌부러져 껍질이 터지고
즙이 흘러나오지 않으면 안 된다.
화가들은 추상으로 가거나 시각적 변형을 통해
객관적 사실을 담지하려 한다.)

어떤 공이 있다. 움직이지 않는.
세찬 바람이 불거나 손으로 밀면 움직이겠지만
공 스스로 자기 내부의 힘으로 움직이지 않는.
어떤 공이 있다.

어떤 신체가 있다. 주인 없는.
주인은 없지만 두 눈이 있고
코가 있고 귀가 있고 혀가 있고 손가락이 있는.

어떤 신체가 있다.

주인은 없지만 감각은 있는.

감각이 신체 외부를 보고 측량하고 욕망하는.

어떤 신체가 있다. 신체 이전에 힘이

있었고. 뻗치는 힘이 어떤 면에 부딪쳐 힘으로 다시 돌아오고.

그렇게 거듭된 면들이 이어져 형상으로 기억되는

어떤 신체가 있다.

뻗어 가는 힘과 파고드는 힘이

맞서 테두리를 그리는

어떤 공이 있다.

팽창하는 공기와 둘러싸는 공기가

맞서 둥근 공으로 멈춰 있는

어떤 공이 있다.

방향과 세기가 힘의 전부인 공은

내부와 외부가 평형을 이룬 채

멈춰 있다.

어떤 신체가 있다.
감각과 욕구가 발산하고 교환하고
흡입하는

어떤 신체가 있다.
힘이 신체 부분 부분에 부딪치고
반사되어 충동이 되는

어떤 공이 있다. 멈춰 있지 않는.
어떤 신체가 있다. 주인 없이 움직이는

원통형의 길고 미끈미끈한 힘들이
머리도 없이 꼬리도 없이
서로의 어둠을 파고드는

어떤 신체가 있다.
어떤 충동이 있다.

◇

신체가 있다. 자아 없는.

(신체를 뽑으면 뿌리에 붙어 있던 돌멩이 흙들이 틀어지고
잔뿌리가 찢어진다. 잔뿌리는 흙과 돌멩이의 일부이고
굵은 뿌리만 뿌리다.

조경사들은 땅에서 뽑아 올린 굵은 뿌리를 잘라 낼 때
뿌리와 가지를 대칭되게
잘라 내야 이식한 나무의 생명을 담지할 수 있다고 한다.)

망각, 모르는 게 뭔지 모르는 두려움

ㄷ
  ㅡㄹ

수억 광년의 암흑 덩어리

눈 감은 돌

  (빅뱅=눈 뜸. 천사의 천네 개의 눈.

    단 한 번 눈 떠 빛나는 별의 불타는 파편 덩어리였

다가

    서서히 눈까풀 닫히며

    서서히 암흑 쌓이고 식으며

    빨아들이고 단단하게 뭉친

                    돌

                                모른다

                                두려움)

돌=신체

안의 암흑

안의 스파크

스파크=충동

  (충동은 힘의 폭발.

  힘은 더 큰 혹은 더 작은 셈여림만 있을 뿐

  한 번 내디딘 방향으로 줄곧 간다)

신체 안 밤하늘에

충동의 불꽃놀이

  (한 번 빛난 불꽃은 스스로 사그라지는가?

  한 번 빛난 불꽃은 그저 빠르게 시선을 벗어나는가?

  한 번은 단 한 번인가?

  한 번은 매번인가?

                                        모른다

                                        두려움)

신체 안의 충동은 매번 다른 충동

  (한 번, 단 한 번, 매번은

  단 하나의 충동 각각이 수천 가지로 일어날 때

  일어나는 반복이 있기 때문.

하나의 꽃대에 매번 다른 꽃이 필 때
매번은 매번, 다른 꽃은 단 한 번이다.

언어가 만드는 오류.
단어는 표지이고
반복 없는 표지가 가능하겠나?

두렵다
모른다)

일어남은 매번 다른 일어남
조경사들의 가지와 뿌리 잘라 냄은
언어 이식을 가능케 한다

신체는 벌집처럼 천 개의 투명한 유리방
하나의 유리방에 하나의 충동이.
얌전하고 질서 있게 들어 있지 않다.

어디로 튈지 모르는 스쿼시 공,
천 개의 충동은 햇빛처럼 직선으로
천 개의 유리를 통과한다.

약간의 굴절이 있을 뿐.
천 개의 충동은 천 개의 충동들과
천 개의 충돌이 있을 수 있지만

약간의 굴절이 있을 뿐
충동은 충동을 투과하여
충동으로 남는다.

한 번 내디딘 방향으로 줄곧 간다.
형광 레이저 지나가고 지나가고
지나간 자리 교차하고

칠하고 덧칠하고 직선으로
덧칠하고 덧칠하고 두텁게

충동은 성게 모양. 천사 모양.

(모른다
두렵다
모르는 게 뭔지 모르는 두려움
망각)

충동이, 충동의 직선운동이 먼저.
직선이 지나가고 덧칠하여
천 개 충동이 성게 모양 형태를 띨 때.

그 형태의 자리가 신체.
천 개의 유리가 벌집 구조를 이루는
신체 유리에 망각이 슨다.

유리에 망각이 쌓이고
유리 눈 한쪽에 눈까풀이 덮인다.

유리 박막.

충동은 유리방을 투과하기도, 투과하는 대신
유리 거울에 반사되기도 한다.
망각 박막.

충동이 반사되어 기억이 된다.
누군가의 기억. 누군가의 신체.
신체≠돌. 신체=나.

미로 미러 미궁

주머니 속에 돌을 가득 넣고 걸어 들어간 그곳
그 어떤 반사도 없이 단단한
돌이 되는
물

걸어 들어간 저 심연으로부터 돌아오는 것이 있다.
자신의 반영이라고 믿는 그것

없는 듯 미끄러운 투명한 유리면 아래
물결의 일렁임이나, 단단한 것이
파이고 뜯긴 굴곡 같은,
복잡하게 얽힌 실뭉치를 관통하는
실핏줄처럼 기억이 흐르는 통로가
이곳저곳 막히고,
파인, 접힌, 뜯긴, 부풀어 오르는,
망각의 미로

걸어 들어간 저 심연으로부터 돌아오는 것이 있다.
자신의 반영이라고 믿는 그것

자기를 투영한 타인

자기가 응시하면 똑같이 응시하는 눈
자기가 귀를 만지면 똑같이 귀를 만지는 손
자기가 마른세수를 하면 마른세수를 하는 얼굴
자기의 반복, 자기를 비추는
거울이 되는
물

걸어 들어간 저 심연으로부터 돌아오는 것이 있다.
일렁이는 물결 아래 잠긴 죽음의 얼굴인가?
이쪽이 눈을 뜨면 동시에 눈을 뜨는 그곳
충동의 미러

달빛이 탐독하는 명징한 밤에
덜 깬 의식이 비몽사몽인 채
비몽사몽 앞에 선 그곳이 부풀어 오른다.
파인다. 접힌다. 뜯긴다.
그곳이 눈을 흘긴다 비몽사몽에게

그곳의 무서운 얼굴에서 손이 뻗어 나와
이쪽 비몽사몽의 목을 조른다.

걸어 들어간 저 심연으로부터 돌아오는 것이 있다.
자신을 한참 떠난 들 복판에 외로이 서서 자기를
고요히 침착하고 냉정하게 응시하는 깊고 깊은 혈, 혈관
이 자기를
더 깊게 더 여러 갈래로 파고 캐낸 지하경, 줄줄이 달린
자기들
덩이줄기의 미궁

저 심연 …… 경 ……
수경 …… 망각경 …… 충동경 …… 지하경 ……

내 앞에 있는 이 사람은 내가 아니야

어디서 와서 어디로 흘러가는지 모를 물이 흐르고
그 흐르는 물을 그릇에 퍼 담을 때
그릇에 담긴 물은 신체다.

물체의 나타나지 않는 안쪽에
기울고 차는 밀고 밀리는 운동과
정지가 있다.

어디선가 거울에 반사된
빛 한 조각의 몸
흰 벽 위에 파닥거리고
땅바닥에 빛의 몸이
한 보자기인 양 덮어
돌멩이와 잔모래인 땅바닥
한 조각이 더 밝게 돋보인다.

한 조각 빛-몸에 우연히 담긴
(흐르던 물이 그릇에 담기듯)
충동은 빛
(충동은 물)

빛이 보이지 않듯
충동은 보이지 않는다.
그러나 빛도 충동도 환영을 환영을 만들어 낸다.
한 조각 빛은
(한 그릇 물은) 신체
신체는 환영

어디서 와서 어디로 흘러가는지 모를 살덩이가 흐르
고 ……
끊이지 않는 충동의 환영이 흐르고 ……
피부에는 나타나지 않는 내부에

차고 비는 밀고 밀리는 장기들의
자동기계적 충동이 …… 정지 없는 계속이 ……

흘러가 버릴 물을 그릇에 퍼 담듯
살덩어리가 흐르고 ……
이 …… 충동들이 생산하는 ……
이 …… 의지되지 않은 환영들을 ……
…… '그릇'이란 말이 윤곽을 복제하고
'퍼 담'이란 말이 운동을 복제할 때

말은 충동들이 생산하는 환영의 의지된 반복

살덩어리의 흐름을 퍼 담는 신체
신체의 나타나지 않는 안쪽에
차고 비는 밀고 밀리는 장기들의
자동기계적 충동을 골똘히 바라보는 자기
자신

◇

자기는 자신의 죽음 앞에 당도한다.
항상 빠르게 이미
죽음 앞에 와 있다.
거울 앞에 서면 항상
이쪽 앞에 이미 빠르게 저쪽이 와 있듯.

병상에 누운 자신은 마지막 옅은 심지에
꺼져 가는 숨을
                    촛불 일렁이듯 …… 내뱉고
간신히 끝에 다다르려 하듯 …… 내뱉고
촛불에 비쳐 점점 과장되게 커져 가는 그림자,

죽음이 압도한다.
자신의 죽음 앞에 자기가 있고
자신이 소멸한 이후에도 수많은
자기들이 자기들을 살아 낼 ……
살아 낸다 수많은 자기들이 자기들을 ……

엑스레이

머리 전체 안구로 보는.
말들이 아니라면
머리도 눈도 없었을.
머리 바깥 더 흥분하거나 덜
흥분하는. 더 빠르거나 덜
빠른 살 흐름들. 방향도 목적도 없는.

엑스레이 찍어 진단하는.
흘러가 버릴 살덩이들. 공기 중에
흔적 없이 흩어져 버릴 무의미한
충동을 투과하여 감광되는.
의미하는 흰 뼈들. 살 흐름을
머리를 신체를 붙잡는 말들.

머리 안 말들이 감광되지 않는다면
형체도 머리도 없었을 소리의 뼈들.
출처 없는 발성기관 없는 소리들.
메아리 …… 신체가 없는 소리들.

말 없을 때 더 생기 있는.

말 짓는 소리. 생기를 복제하는.

histrionism

어떤 희미한 자극
두뇌인지
눈인지 입인지 귀인지
모를

눈 떴다 다시 감음

귀 떨림
내부에서 왔는지 외부에서 왔는지
모를
파동

입 벌림
허망
다시 닫음

눈 귀 입
움직임의 반복
반복이 ……

두뇌가 입 귀 눈을 두뇌와 연결한다.

발끝에 닿는 무엇.
발이 혹은
머리가
물끄러미 바라본다,
무엇은 자극으로만 남아 소실되는 가운데,
서로를.

손안에 잡히는 무엇.
무엇의 자극은
두뇌에 혹은 흩어져 사라지고.
머리가 혹은
손이 상대를
물끄러미 바라본다.

발 손
두뇌의 반복이 ……
두뇌가 손 발을 두뇌와 연결한다.

◇

책상 위에 놓은 손
허공에서 나온 두 손이
슬며시 감싼다
순간 체온과 떨림
짧은 접촉의 느낌
이후
두 손 사라지고 느낌이
남은 두 손만 남는다
책상 위에

엎드려 웅크려 앉은 이는
이윽고 일어나 떠나는 것을
느끼며 여전히 엎드려 웅크려 앉은 채
일어나 떠나는 것을
보고 있다고 느낀다

◇

아무도 나를 찾지 않아도
나는 나를 방문한다
내 안에서
예기치 않게
불청객으로
나에게 온다

나는 나들 아닌
무수한 하나하나의 타
자로 살지만 매번
나 아닌 적 없다

동시에 무수한 나들
아닌 내 안에 다중인격
아닌 단 하나의 나를

매번 망각하는

파괴한 자리
돌아오지 않고
불청객으로
나에게
매번 나로 살아가는

뾰족한 송곳니
퇴화해 버린 우리 이웃 V 씨
우아한 둥근 와인 잔 가득
자줏빛 구매한
혈액을 마신다.

그는 팔십육 년 전 팔월 서울에서
고흔 폐혈관이 찢어진 채: 정지용
의 유리창을 좋아한
모형심장에서붉은잉크가엎질러지는 이상
의 이름으로 살았었다.

그는 구십오 년 전 삼월 리스본에서
이 세상의 영원한 새로움으로
매 순간 태어남을 느끼는
알베르투 카에이루 이름으로 살았었고
사백이십칠 년 전 오월 런던 남동부
데포드에서 크리스토퍼 말로 이름으로 살았었다.

정경의 찬란한 영상은
쾌청한 먼 곳으로부터
얼마나 아름답게 한 사람에게 반짝이나.
그는 이백십삼 년 전 오월 네카어 강변의
반구형 옥탑방에서 횔덜린으로 살았다.

반은 새 반은 시인인 철학자
발끝으로 선 무용수
도취한 (그들이 광기에 휩싸였다고 말하는) 채
토리노에서 보내온 명석한
편지의 서명

니체 카이사르
십자가에 못 박힌 자
디오니소스

여기 시가 적혀 있는
이 흰 종이 위에
나는 ……
숱한 나들을 하나하나
모조리 주파한
죽고 산 자의 이름으로
서명
한다.

* 마지막 ◇ 이하 1연은 짐 자무쉬 영화 「오직 사랑하는 이들만이 살아
남는다」에서. 2~4연 우사체 순서대로 정지용 「유리창 1」, 이상 「오감도
시제15호」, 페르난도 페소아 「양 떼를 지키는 사람」, 프리드리히 횔덜린
「산책」에서.

자기부상 : 仌꒕ꖎ⺇Ꟃ

움직임이 시간이다. 분리할 수 없는 연속이다.

뒤에서 밀고 앞에서 끌어당긴다.
앞에서 밀고 뒤에 쌓인다.
앞이 뒤고 뒤가 앞이다.
사방팔방, 어디가 시간의 앞인가?

> *(시간에는 '어디'가 없다. 시간은*
> *어떤 장소에 놓이지 않는다. 장소를 이탈하지도 않는다.*
> *시작도 끝도 없는 연속이다)*

피리 소리, 듣기 전에 피리 소리가
있었고 듣기를 그쳐도 피리 소리가
있다면, 시간은 피리 선율.

하지만 피리 선율은 공간을 갖지 않는가?
(영원에서 빠져나와 영원으로 빨려 들어가는 한 줄 피리
소리)
시간은 공간이 없을 때도 시간이다.

만일 시간 이전이 있다면, 그건 무일 것이다.

그렇다면 무는 없음이 거느리는 무한한 시간이면서
무한(한 파랑)을 잠재우는 한 줄 피리: 만파식적.
시간의 풀림: 순수한 현재.

◊

시간의 흐름 속에, 나는 흐름이다.

흐름이 돌에 부딪쳐 물방울이 튀어 오른다.
(이때, 나는 물방울, 반짝임은 잠시,
다시 흐름에 잠긴 움직임이다)
돌을 타고 넘어 흐른다. 굴곡이 된다.
굴곡을 감싸고 흐른다.

흐름에서 이탈할 때 비로소 내가 있다. 물방울의 도약.

(흐름 위를 활공하는 새와 물방울은 각기 다른 가지에

열린 시간이다)

공기는 있되 없음으로 있다.
소리의 구부러짐에서 음악이 생기듯 공기의 움직임,
없음의 운동에서 흐름이 생긴다.

공기의 흐름. 손가락 없이 쓸어 넘기는 머리카락: 바람의
현시.

레일의 앞은 없다. 흘러온 시간의 궤적만
반짝인다. 레일 위의 아지랑이. 구불거리는 공기. 과거의
착시.

시간의 흐름에서 나만의 시간은 없다. 분리할 수 없는
막무가내의 움직임이 있을 뿐.
그러나 시간에 대항하여 흐름을 밀어내는 힘으로 자기
부상할 때 나는 시간을 바라본다.

시간을 이탈하여 제멋대로 비상하는 죽음은 아니지만,

레일에 평행으로 부상하여 흐르는 시간을,
시간을 밀어 올리는 나를 바라본다.

그리하여 나는 나를 산다.

평행선. 시간에 평행할 수 있는 것은 현재의 그 순간만
가능하다.
현재의 순간에서 자기부상하는 나는 언제나 내가 아니다.

나는 내가 아니다.

자신을 알기 위해

어떤 사람이 자기 자신을 알기 위해 물가에 앉아 물에 비친 자신의 영상을 골똘히 들여다본다고 해서 자신을 알 수 있는 것은 아니다. 어느 한순간 일렁이는 물결의 리듬이나 빛의 생멸, 물의 투명한 육체를 뚫고 바닥에 웅크린 조약돌이나 물풀에 닿을 때 어쩌면 에둘러 자신을 볼지도 모른다. 하지만 요즘 세상에 누가 자신을 알아보기 위해 물가에 앉겠는가?

자신을 알기 위해서는 더 이상 가라앉을 수 없는 바닥 그 이하로 파고들어야 한다. 그곳에 최초의 자기 응시가 있다.

물가에 앉았던 사람 떠나고 없고 수면에 맺힌 기포들,

유리창에 바글대는 빗방울들 때문에 흐릿해진 창 안을 들여다볼 수 없다.

바닥으로 천천히 가라앉는 중, 숨 쉴 수 없다. 숨을 참아라. 둥둥 뜬 채 더 이상 디딜 수 없는 발과 잡을 수 없는 손을 허우적대지 말고 최대한 웅크려라. 눈을 떠라. 시선이 곧 몸이다.

웅크린 채 바닥에 닿았다. 부옇게 반투명한 물을 뚫고 수초들의 뿌리가 보인다. 시선이 닿은 지점, 그곳은 단단하다. 그곳에 파고들 수 없는 돌이 있다. 숨이 끊어질 때가 점점 가까워지고 숨을 참기가 어렵다.

자기 응시가 닿은 무거운 돌, 입구가 거기 있다. 무엇의 입구인지는 모른다. 아직까지는. 열어 보기 전에는.

자기 자신의 입구? 자기 자신의 입구가 자기에게 있지 않고 왜 물 밑에 있는가? 자기가 가라앉은 물 밑에.

바닥 그 이하로 파고들어야 한다.

파고드는 건 자기가 자기 안으로 되돌아 들어가는 것일 수도 있다.

자기 안의 온갖 장기들을 지나 더 이상 파고들 수 없는 그곳에 돌이 있다. 자기 응시가 닿은 무거운 돌.

돌은 자기가 자기로 더 이상 되돌아갈 수 없는 타자다. 분리의 뚜껑이다.

아니다. 돌은 자기의 연장이다. 몸 안에 꽂 진 자리에 생긴 열매는 나무의 몸인가, 열매의 몸인가?

어머니의 몸 안 내장 곁에 나란히 생긴 아기의 몸처럼 돌은 자신을 빈틈없이 차곡차곡 쌓아 둥근 벽을 만든다. 바닥 반대편이 하늘로 뚫린 원형의 공간을 만든다.

자신을 알기 위해 바닥으로 파고든 사람은 이제 천장이 바깥으로 열린 우물 모양의 입 안에 있다.

이 입은 자신의 입인가?

입안의 자신은 입안의 의문을 뱉어 본다.

질문이 무너진다

가슴 안에서 날개를 펼친 딱따구리가 목구멍에다 부리 못을 박는다. 질문은 목구멍을 넘어와 혀를 움직여 말이 되어 나오지 못하고 입안에 갇힌다. 공기가 성대를 넘어 의문을 만나 질문을 뱉어 내지 못하게 하려는 듯 기도가 발작한다. 말하려 오물거리기 전에 기침한다. 딱따구리의 빠른 망치질이 구멍을 내고 머릿속에 쌓아 올린 질문이 무너진다.

자리에 앉았는데, 맞은편에 누군가 앉아 있는 느낌이 수직으로 서 있다. 희뿌옇게 흐린 공기의 감촉 때문에 모든 게 분명치 않다. (이게 누군가!) 반갑게 손을 내밀어 악수를 하려는 건 아니고 엉거주춤 일어나 이게 거울인지, 이모든 게 거울에 비친 것들인지, 손 뻗어 만져 보려……

지금은 이것이 중요한 게 아니다. 입안의 질문을 내보내기 위해 입 벌리고 있지 않은가, 맞은편 쪽으로. 맞은편에 무엇이 있건 간에 말은 거기에 닿을 것이다. 거기에 닿기만 한다면 말은 할 수 있고, 말하게 될 것이다.

입만 벙긋하면 되는데, 입을 벌려 오물락거리고 조물락

거려 공기에 형태를 짓고, 혀로 뒤집고 엎고, 엎치락뒤치락
각지고 둥근 소리들이 나가기만 하면 되는데……

아무리 입을 벌려도 소리가 나가지 않는다. 맞은편 때문
인가? 맞은편이 들으려 애쓰는 게 아니라 똑같이 입 벌리
고 말하려 애쓰기 때문인가?

물 위에 깃털 하나 움직임 없이 있는 물 밑에 분주한 발,

꿈 없는 깊은 잠자는 얼굴 아래 똥 누려 애쓰는 붉게 충
혈된 얼굴,

입 벌려 소리 없이 애쓰는 발악하는 얼굴.

거울에 비친 영상이면 어떤가? 거울 속에서 말하게 하
면 되지 않겠는가, 그럼 들으면 되고. 질문이 들리면 되지
않는가, 들으면 말하게 될 테니까. 자기 자신을 알고자 한
다면……

그렇게 생각하는 자네는 누구지? 질문이 말을 말이 자
기 자신을 드러낼 것처럼 생각하는 자네는?

그럼 자네는 누군가? 생각을 들은 것처럼 씨부리는? 입
안에 있는 사람? 의문?

딱따구리가 낸 구멍? 똥 누는 엉덩이? 기침?
붉게 애쓰는 얼굴? 발악하는 입?

자기 자신이 입? 사람이 입이라고 하면, 사람이 얼굴이
면 목 아래는 무엇인가?
팔과 다리 없는 사람은 물론 있지. 그러나 발바닥 없는
사람은 없어. 입과 혀와 목구멍 없는 사람이 없듯.

그러면 그렇지, 말이다, 이 지면에 검은 구멍이 있듯.

우뚝한 돌 그리고 구멍

h가 (아니 그때는 g였을지도 모른다), 아무튼 그가 어느해 늦가을 광대봉 마루에 올랐을 때 파도치는 알록달록한 능선들 너머 멀리 (먼 거리를 단숨에 좁혀, 조이며, 날아들던 촉의 날카로운, 순식간에 확대되어 온몸을 틀어쥐던 박동) 우뚝한 마이봉에 꽂혔었다.

그는 그때의 그 느낌을 표현할 길 없었다.

굳이 목구멍을 비틀고 머리를 쥐어짜 뱉어 냈었다면, '말 막힘' '언어 불능'이 바닥에 팽개쳐 굴러다녔으리라.

몇 시간을 걸어 봉두봉에 이르면 암마이봉과 가장 근거리에 마주 서게 되는데, 그 돌이 쏟아 내는 질문들에 파묻혀 꼼짝할 수 없었다. 더 가까이 다가가면 대답할 수 있을까? h는 산을 내려가 마이봉에 바짝 다가갔지만, 거대한 돌만 우뚝할 뿐 h는 사라졌다. 우묵한 지형에 빠져서도, 나뭇잎에 가려져서도 아닌 거대함에 초점 맞춰진 시선에 작은 미물은 포착되지 않는 것이다.

수년이 지난 지금 같은 자리에서 같은 방식으로 마주한 마이봉은 같은 그물을 던져 풀 길 없는 감동으로 h를 포박

한다.

　질문의 화살, 대답할 수 없는 최후,

　이것도 대답으로 쳐준다면 불완전한 하나의 대답,

　기시감,

　지면 위에서 단어와 마주쳤을 때의 당혹스런 기시감.

　이미 봤었고 알고 있는 단어이지만 늘 처음 보게 되는
단어.

　지면의 백색 들판에 섰을 때 우뚝한 돌을 만난다.

　낯선 존재와의 조우, 그게 방금 h 자신이 쓴 것이라 하
더라도, 써지는 순간, 그것은

　거기 이미 우뚝한 돌이다.

◇

　글쓰기는 흰 종이 위에 검은 구멍을 파는 일: 일상에 부
비트랩 설치하기.

　일상의 평탄한 지면에도 크고 작은 구멍들이 숨어 있다.

발목까지, 몸의 절반까지 빠져야 알 수 있는. 그렇지만 그
땐 이미 늦다, 호흡곤란.

　일상은 더 이상 일상이 아니다.

(시 쓰기는 언어를 궁지로 몰아

쥐구멍에 빠뜨리는 일이다

언어 없이 사유할 수 있을까?

시는 이미지로 사유하는 것

이때 언어는 덫에 걸리고

불구가 된 채

사라지지 않고 부스러기가 되어

그 물질성으로 이미지의 디테일을 구성한다

이미지에 불이 켜지면

언어는 그 그림자의 암흑 속으로 사라진다

사라져 없어지지는 않고, 빛을 빨아들인

검은 반죽으로 잠재한다)

◇

지면과 지면의 에로틱한 합체.

지면

놀랍지 않다:

지면에서 '죽음'이라는 단어를 만난다고 해서 심각해지거나 심장이 멎지 않는다. ㅈ ㅁ ㅇ ㄱ, ㅜ ㅡ 의 형태는 익숙한 것이다. 그 소리 또한 소리일 뿐. 그 소리와 형태가 잠시 기억을 상기시킨다 해도 기억은 기억일 뿐, 단어는 단어일 뿐.

저 지면에 우뚝한 마이봉 또한 그렇다. 늘 있던 그 자리에, 보던 모습 그대로, 1억만 년 전 바다에서 솟아오른 단한 번의 강렬한 사건은 두 번 다시 없다는 듯 묵묵부답, 다정하게 침묵한다.

(단 한 번의 사건은 사건일 수 없다. 지리학적 추정이 세운 텅 빈 기호일 뿐, 그 사건을 세포에 새긴 백악기 생물또한 오래전에 사라지고 없으니……,

돌: 묵묵부답)

그러나 삶은 사건이다. 시간은 사건의 연속이다.

탄생 이전에 탄생이 있었고, 죽음 이전에 죽음이 있었다.

탄생과 죽음은 지면의 앞면과 뒷면.

삶은 엎치락뒤치락 팔랑거리는 지면: 여름 햇빛에 반짝이며 뒤척이는 미루나무 수많은 잎 잎들.

h가 목구멍 안으로 삼킨 '우뚝하기 때문에' '역암이기 때문에'는 질문을 소화시킬 수 없는 대답일 뿐.
마이봉은 귀, 돛대, 용 뿔, 붓이 아닌 물음표.

지면의 단어가 뇌를 폭탄화하여 시간의 건축물을 폭파시킬 수 있는 것은, 어떤 단어이기 때문이 아니다.
단어를 제자리에 두는 문장, 바둑판 위의 바둑돌: 묘수,
단어를 둘러싼 문맥, 단어와 단어의 화학적 결합 관계 때문이다.

저 지면의 우뚝한 돌이 융기하며 남긴 뽑힌 자리는 이 지면의 검은 구멍,
이 지면의 검은 구멍, 구멍의 에로틱한 갈망은, 비어 있는 허전함 공허 가려움은, 저 지면의 우뚝한 돌.

너트에 볼트를 조일 때, 콘센트에 플러그를 꽂을 때, 딸깍

하고 만년필 뚜껑이 닫히듯 지면에 돌과 구멍이 맞물릴 때
최초의 세계는 거듭거듭 생긴다.

h는 투우장의 황소처럼 지면에 머리를 들이받는다.
글쓰기: 천공기.

아무것도 아닌

어떤 것에 닿는 이 어떤 것은 무엇인가? 질문을 생각하는 이 순간은 누구인가? 만지는 무언가가 있다. 공간에 놓여 있는 어떤 것이 있다. 눈을 뜨고 질문을 떠올리고 생각하는 이 무엇을 나라고 말하기. 어차피 말은 잘못된 도구니까. 그러나 지금에서 조금이라도 나아가기(움직이기가 더 솔직한 말) 위해서는 잘못된 도구라도 있는 편이 낫다.

말이라니? 지면의 이 입 벌린 구멍들 안에서 혀로 튕기지도 않고 튀어나오는 것들은 말이 아니란 말인가?
환등기: 지면의 검은 구멍들에서 튀어나오는 것들에 의해 뇌의 스크린에 투사되는 자극들, 흥분 덩어리. 발음하지 않아도 발설되는 뇌신경의 울림: 묵독. 몸 안에서 메아리치는 소리 없는 것들이 바깥의 것들을 불러 모은다.

돌 앞에 서 있던 h가 사라졌다 나타났다 한다. 돌에 스며드는 것인가? 가까이에서는 전체가 보이지 않는 너무나 큰 돌 앞에서 검불처럼 날아가 버린 것인가? 빛과 눈의 충돌로 생긴 착시인가? 어떻든 h가 돌 안으로 사라져 버렸다.

도대체 이 지면의 돌과 저 지면의 구멍을 연결하는 통로가 있다는 말인가? h의 모든 감각들이 그 통로의 낮과 밤을, 공간의 흐름을, 울룩과 불룩을 담고 있다는 말인가?

돌에다 몸 던지기. 백 미터 기록 갱신을 위해 혼신을 다하는 육상 선수의 달리기 속도로 멈춤 없이 그대로 돌에 부딪치기. 돌의 표면에는 땀구멍도 있고 갈라지는 미세한 주름들도 있어 피부와 흡사하지만 돌에 부딪힌 피부는 찢어진다. 핏줄이 터지고 세포가 부서져 뭉개진다. 돌은 피로 물들고 피떡이 달라붙을 뿐 어떤 기스도 없다.

그렇게 짓뭉개지며 조각나 흩어져 잘게 부서지며 h가 사라졌다는 말인가, 그렇게 돌 안으로 들어갔다는 말. 말은 잘못된 도구니까, 잘못 쓴 문단에 유용할지도 모르니까, 최대한 마지막까지, 세포 하나로 겨우 남을 때까지 참아 내기.

책을 열고 검은 글자들을 만날 때 거기 구멍들을 확인해 보기. 손가락으로 더듬으면 쓰다듬어질 뿐 손가락 끝마디도 빠지지 않는다. 구멍은 없다. 다만 발성하지 않아도 목구멍이 간질간질하다. 목구멍 저 너머 어둠에서 끌어올린, 끌려 나온 것들을 입안으로 풀어놓을 참이기 때문이다.

〔청각적 물질 상태의〕 말이 풀려나오는 입안의 저 구멍은 빛이 없어 어둠일 뿐 그 안에 무언가 있다. 검은 글자의 표면이 어두워 밋밋할 뿐 그 안에 무언가 빠져 들어가는 바닥 모를 구멍이 있듯.

돌에 바짝 다가가 세밀하게 들여다보면, 어느 순간 돌로 보이지 않는다. h에게 바짝 다가가면 어느 순간 h는 없고 숨결에 바르르 엉키는 솜털과 자잘한 균열들에 휩싸이듯 돌은 없고 구멍과 균열들 앞에 있다.

그렇게 이 지면의 구멍과 저 지면의 돌은
그렇게 완벽하게 만난다.
그렇게 일치하는 듯하다.

그러나 입 저 너머의 구멍은 바닥을 알 수 없어 무엇이 끌어올려질지 모른 채 닫힌 이 지면에 달라붙고
저 지면의 돌은 한 번도 꺼져 들지 않은 채 멀리서건 가까이서건 그대로다.

아무것도 아닌
잘못된 무엇도 아닌
유용한 무엇도 아닌
그냥 있어 온
그냥 있는
아무것도 아닌

컨테이너 바다

(흑백 이미지. 배경음악은 바람 소리.
가 볼살을 반죽 밀듯 세차게 불어
바람 소리가 터져 들리지 않고 수천 가닥으로 엉키고 풀리고
희번득 희번득 보이는)

검정은 표면이면서 표면이 아니다
검정은 물 글자 철벽이면서 감지할 수 없음이다
검정은 공간에 놓이지도 공간을 가지지도 않는다
검정은 깊이다.

검정에 바람이 불면 한 방향으로
끌어당기고 수축하고 팽팽하다
바람은 검정 밖에서 불어오지도 안에서 불지도 않는다
검정이 분다. 일렁인다 결이 생기고 사라진다.

바람은 빗금으로, 세찬 바람은 수평으로 분다.
바람의 움직임에 빛의 번득임이 나타나지만
번득임은 검정의 쪼개짐이고 곧 검정이다
바람 소리는 강렬하지만 청각이 아니다

소리는 검정의 찢어짐이다.

잔등에 김이 피어오르도록 걷던 말이 식음을 전폐하고

바퀴와 발굽이 끌던 삶이 중단되고

음식을 익히던 불이 꺼지고 어둠에 맞서던 불이 꺼지고

검정이 온다. 검정은 죽음이다.

죽음은 시간의 정지일 뿐 파멸과 쇠락이 아니다.

죽음은 옴짝달싹 않는다. 어르고 달래고 채찍질해도 요지부동이다.

죽음의 목을 두 팔로 감싸는 따뜻한 눈물을 포옹해도 죽음은.

(흑백 이미지. 배경음악은 바람 소리.

　　　　　　　　　　　　가 볼살을 반죽 밀듯 세차게 불어

바람 소리가 터져 들리지 않고 수천 가닥으로 엉키고 풀리고

　　　　　　　　　　희번덕 희번득 보이는)

검정은 광적이다. 죽음에 광란이 섞인다.

광란이 번득이고 죽음이 쪼개진다
죽음은 분리할 수 없는 전체라서
회임할 수 있을 뿐 도끼질로 사라지지 않는다.

(흑백 이미지. 배경음악은 바람 소리.
                    가 볼살을 반죽 밀듯 세차게 불어
바람 소리가 터져 들리지 않고 수천 가닥으로 엉키고 풀리고
                    희번득 희번덕 보이는)

죽음은 무, 애초에 생성 소멸과는 관련 없다
검정은 모든 빛을 흡수하는 색. 검정은 욕망이다.
욕망이 넘실거리는 죽음은 죽음이 아니다
파도치는 바다의 욕망은 검정의 깊이다

(흑백 이미지. 배경음악은 바람 소리.
                    가 볼살을 반죽 밀듯 세차게 불어
바람 소리가 터져 들리지 않고 수천 가닥으로 엉키고 풀리고
                    희번득 희번덕 보이는)

캄캄한 밤은 테두리 없는 검정 상자다.

컨테이너 안에 밤이 있다고 할 정도로

그 윤곽을 짐작할 수 없는 어마어마한 컨테이너가 욕망
이다.

컨테이너 바닥에 발을 딛는 건 욕망의 고래가 되는 것

바다(ㄹ) 검정의 깊이다

검정은 고래다 욕망은 검정이다

컨테이너 바다(ㄹ) 마리아나해구보다 더 깊은 곳으로 하
강하는 고래다.

검정은 무 자체가 발광하는 빛이다

(흑백 이미지. 배경음악은 바람 소리.

　　　　　　　　　　가 불살을 반죽 밀듯 세차게 불어
바람 소리가 터져 들리지 않고 수천 가닥으로 엉키고 풀리고
　　　　　　　　　　희번득 희번덕 보이는)

아아, 기어이 내가 너를 죽였구나

삼십 초 전에 나는 소녀였다.

갈망하는 소녀의 눈빛이 꿈꾸듯 내 눈동자에 들어 있고, 사랑을 호소하는 무차별적이고 앳된 목소리가 내 입술 근육 안에 꿈틀거린다.

내 표피 아래서 물기 가득한 분홍 뺨으로 흐르는 수압이 곳곳에 우는 피부를 반듯하게 펼치고 잡아당겼다. 그 부드러운 흐름이 낱낱 세포의 기억에 여태껏 남아 있다. 그 에너지가 피부를 채 떠나지 않았다.

분장실 스툴에 앉은 나는 더 이상 소녀가 아니고 아직 배우도 아니다.

소녀가, 눈앞 내리닫히는, 암흑-번개를 향해, 충동적으로 내뻗은,

딱딱하고 물컹물컹한, 물질의 감촉이, 손안에 칼이 없는 지금에도, 손과 팔에, 공포의 감정으로, 묻어, 있다.

칼을 내던지고 손에 묻은 피를 가슴과 얼굴에 문지르며 소녀는 절망적으로 외쳤었다.

"아아, 기어이 내가 너를 죽였구나."

그 말을 조립하고 건축하는 소녀의 입술은 핏빛이었다.

짧은 순간에도 나는 핏빛을 파헤치고 뒤져 죽음의 실감을 건져 올릴 수 있었다. 살인을 감촉하고 칼끝의 날카로운 현기증이 추락으로 급변하는 몰아치는 소용돌이를 온몸으로 담아내는 나는 소녀였으니까

소녀가 아닌 신체의 과잉, 소녀로서 모자란 구멍을, 적절한 조명과 암흑이 잇고 붙였다 하더라도
나는 소녀였고

지금은 그 무엇도 아니다.
거울이 벗기고 지우는 동안 거울에 비치는 나는 소녀다.
스툴에 앉은 나는 소녀가 벗고 떠난 옷과 분장.
이쪽의 무엇도 아닌 것이 간절하게 팔을 뻗자
저쪽의 갈망하는 눈빛의 소녀가 간절하게 팔을 뻗어 온다.

저쪽에 찾아내야 할 무엇이 있는 것 같지만
항상 이쪽의 흉내만 낸다. 응답도 없다.
하지만 간절함의 간절함을 위해
저쪽으로 가서 저쪽을 만지고 뒤질 수는 없다.

손끝이 닿는 순간 간절함도 깊이도 사라지니까.

거울 안의 소녀를 본다. 소녀는 절망적으로 외친다. 거울 안에는 소리가 없다. 거울 안 소녀의 입에서 떠난 말은 거울 앞으로 튀어나오지 않는다. 소녀가 입을 벌릴 때마다 말은 나의 내부에서 울려 나와 뼈와 핏줄을 통로 삼아 내 귀에 닿는다. 소녀가 입을 벌릴 때마다 스툴에 앉은 멍한 귀에 어김없이. 소녀가 되기 위해 무대 밖에서 연습에 연습을 거듭했듯 귀에 닿는 말이 근육을 훈련시켜 내 입이 벌어질 때까지 거듭.

마침내 내가 말하는 시간에 거울 안에는 입 벌려 말하는 소녀가 없다. 대신 말이 반사된다.

아아, 기어이 내가 너를 죽였구나.

이쪽에 소녀의 말이 남았다.

그 말의 설계 도면을 복사해 낸 것은 내 머리이고, 소녀의 머리가 입술 근육을 움직이게 하기 전에, 미리 내 머릿속에 끼워 둔 대본이 있었다 하더라도 그러나

아아, 기어이 내가 너를 죽였구나.

말이 끊임없이 살인을 불러오고 나는 쉼 없이 단어와 단어 사이 공백으로 사라지면서 말하는 소녀의 입으로 되살아난다.

소녀의 앳된 목소리가 몸통을 울리며 이쪽을 흔든다.

이명

입을 다문다고 바야흐로 침묵은 아니다.
침묵은 소리에 평행하고
나는 소리에 평행한다.

나는 h에 평행한다. (h는 내가 아닌 어떤 것, 비어 있는
형상이다, 손바닥이 뺨을 후려치기 직전 뺨과 손 사이의:
텅 빈 것)

아무짝에도 쓸모없는 무언가를 할 때만 소리가 사라진
듯하다. (나는 하루 종일 또는 살아온 삶의 대부분을 이
쓸모없는 짓을 되풀이하며 보냈다)

h가 골똘히 최선을 다해 집중은 물론 광기의 고집까지
모아 일하려 할 때
                    컴퓨터 본체 돌아가는 소리.
끄고 책상 위에 엎드려 밀착하려 할 때
                    시계 초침 소리.
뒤판에서 건전지를 꺼내고 벌거벗은 것들 위로 숙이며
마주 보려 할 때

냉장고 소리.

무료하지조차 않은 단지 우울한 소리.

소리를 피해 숲으로, 나무들만 있는 숲으로
말 없는 수직들만이 조용하게 있는 들판으로.
h는 마침내 침묵과 마주한다: 노랑 수선화.

완벽한 침묵의 독방에 나를 가뒀을 때
귀에서 소리가 난다. 침묵의 그림자일까?

이명. 모든 소리가 압축된 형상.
소리의 잔상이 아닌 소리의 시적 기념비.
복잡하게 얽힌 전선을 타고 움직이지만
결코 동글동글하지 않고 직선이다.
한 귀에서 다른 귀 쪽으로 뚫고 지나면서
그 진동이 뇌를 꼬집고 찌르고 싸맨다.

이명. 소리의 끝, 소리의 시작.

침묵에 평행하여 독립적으로 영속하려는 이명.

이명을 딛지 않고, 이명을 떨쳐 내는 반동으로 자기부상하는 침묵.

사물의 이명이 언어라면,

언어의 이명은 침묵이다.

나와 h, 밤하늘 불꽃놀이.

빈 하늘에 번쩍이는 소리를 터뜨리고,

총알처럼 눈을 따돌리는, 이미 보이지 않는 종달새.

이명의 현존. h.

무대 설치를 위한 도면

눈을 감으면('감는다'와 '감긴다'는 하나의 신체가 찢어지면서, 분열, 이중화하는 것, 상호 베일이 되어 가리고 서로를 잠식한다), 길이 있다(습관이 길이라 말하지만 …… 혈관 …… 지도 위의 선 …… 같은 것). 길은 방(이라 자동으로 떠올리지만 …… 카메라가 부감으로 보여 주는 것은 정사각형의 공간 …… 도형 같은 것 …… 혹시 …… 머리? ……)으로 이어지고 방 오른쪽 벽(선)에 문(공백)이 있고, 열린 문에서 이어지는 길은 꿈으로 이어진다. 꿈은 공간으로 느껴질 뿐 형태가 뚜렷하지 않고 없는 것으로 느껴지기도 한다. 만화의 말풍선같이 눈에 보이는데도 보이지 않는 것으로 느껴야 하듯.

방 왼쪽 벽(점선)은 벽이 있는 것인지, 벽은 없는데 경계 표시만 있는 것인지 …… 물에 비치는 선 그림자처럼 …… 표시는 아닌데 그림자의 투영인지 …… 불확실하다. 그쪽에도 문이 있는 것 같은데(없는 것 같기도 하다), 문이 있다면 닫혀 있다. 닫혀 있는 문에서 이어지는 길은 이어지자마자 어둠에 먹혀 버린다(어둠이라 했지만 무어라 명명할 수 없는 …… 보이지 않고 …… 느껴지지 않는 …… 막연히 무언가가 …… 있는 …… 혹은 없는 …… 무언가 …… 다).

눈치챘겠지만, 방은 잠(이라 단정할 수는 없고 …… 설정
할 수는 있겠다 ……)이다. 잠은 잠든 자신이 볼 수는 없
지만 현실이다. 보이지 않는 현실이라니! 의식은 고집스럽
게 잠들기 이전부터 잠든 이후까지 …… 어떻든 잠은 현실
이라 말한다.

그렇다면 꿈은 현실이 아니다. 보이는 비현실이라니! 의
식의 고집은 거기까지다 …… 딱 꿈 직전까지…….

꿈을 본다. 스크린에 비치는 영상을 보듯이 관람석에 있
는 자신과 분리된, 그러나 어느새 관람석 같은 건 있었지
도 있지도 않은 채, 움직이는 영상 속에서 보고 느낀다.

꿈을 본다. 보여지는 자는 누구이고 보는 자는 누구인가?

보는 게 아닐지도 모른다. 꿈속에서 누군가 계속 중얼거
리고 …… 잠들기 전부터 중얼거리고 …… 잠든 이후까지
중얼거리고 …… 꿈에서까지 중얼거리는데 …… 꿈은 언어
가 들어갈 수 없는 지역이라 …… 중얼거림이 보이는 것으
로 변환된 것인지도 모른다.

중얼거리는 자와 보이는 자 …… 같은 자의 이중적 분열 …… 보는 자와 보여지는 자는 …… 같은 자!

왜 반드시 눈을 감으면 길이 있고, 길은 방으로 이어지고, 열린 문에서 이어지는 길은 꿈으로 이어져야 하나? 그 역도 가능하다!

꿈에서 …… 잠으로 …… 잠들기 이전으로…….

경계는 …… , 구분은 …… 있지만, 더 이상 꿈은 비현실이 아니다. 더 이상 잠과 잠들기 이전은 현실이 아니다.

눈치챘겠지만, 방의 오른쪽 벽에 …… 있는 문 …… 에서 이어지는 길이 이 무대장치의 목적이 아니다. 사실, 방 …… 왼쪽 벽(점선) …… 없는 (있는) 문 …… 에서 …… 닫혀 있는 문에서 …… 이어지는 길이 신경 쓰였다. 늘 그쪽에 계속 신경이 곤두서 있었다(라고 단정하지는 말고 …… 설정하자).

(잠은 …… 꿈은 …… 하나를 둘로 …… 이중으로 …… 찢어 내는 것이다. 잠과 꿈은 다른 것이 아니라, 같은 것의

다른 표현이다.

삶과 죽음 또한 마찬가지다. 같은 것의 다른 얼굴 ……
이중화……)

시에게 쓰던 물을 뺏기고 말았네
물에다 쓰던 시를 베끼고 말았네

흐르는 물결은 시시각각 새로운 시구를 타이핑하네,

아무리 작은 물방울일지라도, 그곳에는 톱니바퀴가 작동하고 있어서, 한 물방울은 다른 물방울을 움직이게 한다.

(그 운동은

　　　((파문

　　　　　더 큰 물결

　　　　　　　　일렁임

　　　파도))

　　　　　를 ((생산))한다)

바람, 나뭇잎, 던진 돌멩이, 지나가는 보트…… 등 외부의 힘에 의해 물결이 만들어진다고 …… 과학이 증명하고 있지만 …… 물의 표면은 심연과, 심연은 표면과, …… 피스톤과 크랭크로, 회전운동과 직선운동을 (혹은 나선운동으로) …… 연결한다.

심연은 톱니바퀴의 맞물림 없이 …… 물 한 분자의 볼트와 물 한 분자의 너트가 틈 없이 압착하여 …… 고정된 한 덩어리의 고요(운동 없는 ((생산 없는)))로 보인다.

하지만 고요는 눈앞을 휙 지나간다.

거울에 반사된 조각 빛이 이곳에서 저곳으로 (눈이 잡지 못해 생략된 연속으로) 건너뛰듯 무성으로 (물속), 한 덩어리 비행체(새 …… 심연)가 휙 지나가면 표면 (깃털)에 물결이 일렁인다 (물 밖).

물 표면의 작은 톱니바퀴는 물속 보다 큰 톱니바퀴들과 연결되어 있다.

심연의 거대한 톱니바퀴는 거의 움직이지 않는 고정체로 보이는 한 덩이 입방체(…… 착각).

톱니바퀴는 돈다 (생산한다)!

물에 제 육체를 비추는 수선화는 밋밋한 액체 거울에 자신을 투영하는 것이 아니다.

속도 …… 운동 …… 생산 회로에 자신을 연결한다.

물방울 화소들은, 한 물방울에 세포 하나씩 …… 톱니바퀴가 맞물리고 …… 볼트와 너트가 조립하고 …… 피스톤 운동이 회전운동 …… 나선운동으로 ……

활동사진 …… 영화로 …… 하나의 장소에 붙박인 수선화는 수천 거리로 수천 갈래로 운동(생산)한다.

심연의 수선화 (혹은 물가의 수선화), …… 수선화는 해일로 …… 쓰나미로 …… 집채만 한 톱니바퀴로 움직이지 않는 고정체를 …… 입방체를 …… 거대한 착각 …… 을 갈아엎는다.

흐르는 물결은 시시각각 새로운 시구를 타이핑한다.

(물에다 쓰던 시를 베끼고 말았다)
(시에게 쓰던 물을 뺏기고 말았다)

마찰과 운동

단어들의 표면은 오일 바른 기계 부품들이 움직이고 맞물리듯 매끈하게 검고 마찰열로 빛난다.

표면은 깊이가 드러나는 단어의 극단이지만, 단어를 떠나 물질이 시작되는 기화하는 발생의 표면이기도 하다.

지면에 잉크로 칠해지거나 압착된 "입술"은 시선에 접촉하는 순간 소리가 난다. 레코드판의 소리 홈은 바늘이 닿는 진동을 앰프로 증폭시키지만, 시선의 끝은 입을 자극하여 입술과 혀를 움직이게 하고 호흡이 성대를 진동시키지 않아도 소리가 발생하게 한다. 이 들리지 않는 소리는 소리라는 물체도 아니지만 단어의 표면도 아니다. 기화하는 단어는 채 물화되지 않아 보이지 않고 귀에 들리지 않지만 몸 곳곳을 휘돌며 자극하는 게 틀림없다.

눈과 뇌는 화급하게 교신하며 기화하는 단어를 깔유리 위에 올려놓고 현미경 렌즈로 들여다본다. 펼쳐지는 광경은 단어의 심연이다. 심연은 기억과 현재의 복합물이거나…… 그 복합물은 이제는 기억과 현재로 나눌 수도 없는 새로운 어떤 것이지만……

…… 대부분은 기억일 것으로 추측한다.

(소리와 광경이니 시각과 청각일 것 같지만 단어의 심연은 오감이 다 동원되는 광경, 즉 무언가 일어나고 있는 사건이다)

순식간에 "입술"은 "입술"이 된다. "입⇨잎⇨입(아가미)⇨입(笠)"(화살표는 순차적으로 다른 단어로 향하고 거쳐 가는 것이 아니라 동시에 수 개의 단어로 방출하고 수렴한다), "술⇨술(분량 단위)⇨술(여러 가닥 실)⇨술(戌)⇨술(術)⇨술(포갠 부피)⇨술(소루쟁이)⇨술(대나무 채)⇨술(쟁깃술)⇨술(숟가락)⇨술(꽃술)⇨술(실 같은 구조가 늘어져 있는 신체 기관)⇨술(가는 줄)", "입+술", 입술 (피부막으로 덮인 얼굴에서 가장 큰 구멍의 입구 …… 피부막 없이 안을 바깥으로 그대로 노출하는 …… 다문 입술을 좋아할 때도 벌린 입술을 좋아할 때도 있는……)

단어가 물질을 하는, 물질이 단어를 하는 기계의 작동은 앞뒤가 같다. .입술은 입술. 입술(들리지 않는 소리)이 입술 (광경)을 펼치고, …… 입술은 신체의 일부로 …… 있

…… 다 …….

현미경이 단어의 심연으로 뚫고 들어가듯, 망원경은 광경이 물질을 하기 직전의 여러 갈래를 포갠 (시인이 광경을 선호하는 이유)다.

단어와 단어는 접속하기 위해 "그것임"으로써의 고집스런 집중을 끊는다. 지면에서 단어와 단어 사이는 공백으로 나타나지만, 그 공백은 피스톤이 크랭크로 연결, 회전운동이 직선운동으로 바뀌는 마찰과 운동으로 채워져 있다. 실린더, 암, 막대, 톱니, 구멍, 폭발, 전류, 너트 볼트…… 빛나는 접속들!

접속들은 잠망경이 도안하는 지도에 의해…… (시인은 다이어그램 이전과 이후에 잠복한다).

"입술"은키스하는그녀(그)의닫힌눈 과 접속하는 "항문"으로 꽉다문입술에서 "항문"방금무엇이빠져나온김이모락모락나는 으로 바꿔서 접속하면서,

"항문과입술은같은붉은색"

단어들의 표면은 오일 바른 기계 부품들이 움직이고 맞
물리듯 매끈하게 검고 마찰열로 빛난다.

구혼자들의 고백이 발가벗겨지는 회로

거울에 제 하반신을 비춰 보는 신부는, 거울 안 까마득한 수직 절벽 저 바닥으로부터 저 달에게로 복귀하는 빛이 지그재그 촘촘히 펼치는 모세관 투명 튜브로, 달이 흡입하는 듯 (깔때기) …… 하반신이 뱉어내는 듯 (발사하는 펌프) ……

글리터로 뒤덮이는 광경 속에 있다!

모세관 투명 튜브는 고백의 중력에 깨진 거울 유리의 금이다 …… (쩡쩡 갈라지는 발밑 강유리의 위험한 질주 …… 반짝이는 가닥가닥 거미줄 그물 ……).

모세관 투명 튜브는 달밤 허공의 (밤공기 공간체 …… 검은 하늘 기관 ……) 검은 유리판에 금이 가는 반짝임이면서 고백이 통과하는 회로다.

달빛은,

무수한 검은 잎에 부딪쳐 튀는 활엽빛 침엽빛 ……

곡선의 검은 수면에 닿았다 튕기는 방사선빛 나선빛 ……

침묵의 딱딱한 검은 바위에 깨어져 바스러지는 날선빛 파편빛 ……

고백의 물렁한 혀에서 발사하는 축축함 (고깃덩이) 빛
자주 (자조 …… 자지 …… 자기 ……)빛

달에서 쏟아져 달에로 수렴하는 빛 …… 빛의 회로, 투
명한 튜브, 금이 간 방사선 거미줄 …… 모세관.
달은 태양빛을 받아 반사하는 거울 천체. 탄성.
신부는 구혼자의 고백을 받고 충격을 흡수하는 용수철.
충격을 튕겨 내고 튕겨 내고 튕겨 내고 튕겨 내며 ……
완화하는 스프링 ……

모세관 투명 튜브를 흘러가고 흘러오는 흘러오고 흘러
가는 반짝임 탄성 탄생의 회로,

"들어가게 해 줘 …… 당신이 낳았던 그곳으로 ……
생겨났으나 밖이 아니었던 ……
부재하는 것들의 …… 안쪽으로 구부러지는 ……
최초의 …… 없는 이미지로 ……"

모세관 투명 튜브는 욕망의 동력을 전달하는 실핏줄 바

퀏살 벨트이면서,

　　신부에 금이 가는 반짝임이면서,

　　구혼자들의 고백이 발가벗겨지는 탄성!

여와 남

화장실 갈 때 잠시
나는 여자다, 너는 남자다
화장실 들어갈 때 문득
나는 남자다, 너는 여자다
나? 백설에 내려앉은 흙먼지 알갱이
너? 백설에 들러붙는 습기

'여'라고 쓰고 구멍을 뚫는다 (여에 뚫는 구멍과 어떻게든
통하게 하여 그 터널을 걸어 보고 싶은 히스테리와 어디로
통할지 모르는 그 구멍 안으로 무얼 흘려 보내거나 집어넣
고 싶은 문장)
　여에 구멍을 뚫는 건 남이니까 남이 되는 걸 어떻게든
피하기 위해

'여'라고 쓰고 구멍을 뚫는다.
　뚫리는 게 너고 뚫는 게 나?
　너를 뚫고 뚫어 그 구멍을 걸어가다 보면 어느새 나 안
에 있다. (뚫는 게 뚫리는 거고 뚫리는 게 뚫는 것인 착란)
…… 을

얻기 위해 어느새 뚫는다.
'어느새'가 시시각각 커지는 구멍인
하늘을 횡단한다.

뚫었다?
'여'라고 쓰기조차 힘들다.
여는 있다. 남은 있다. (*'여'를 쓰려 할 때 여는 없다. '남'을
쓰려 할 때 남은 없다.*
없는 것을 쓰는 건 "표층을" 쓰는 것
"심층으로" 뚫고 갈 시도조차 않는 편집증)
남은 없다 여는 없다

'여'라고 쓰기조차 힘들다.
'여'라고 쓴다고 여가 되는 건 아니다.
세포와 세포 사이를 비집고 들어가는, 백설의 발자국을
추적하는, 기억의 삶이어야 한다
물속에 잠겨 여릿여릿 보일 듯 말 듯한 여라야 한다

남녀는 없다.

삵이 있고 삶이 있고 사람이 있다
삶은 찢어야 하고 사람은 접어야 한다.

평대리 비자나무숲에서 보았다
서가에는 "비자나무비자나무" 평대로 꽂혀 있지 않고
"비자나무(수풀)비자나무(수풀)비자나무"로 꽂혀 있다.
비자나무는 뚫을 수 없다. 살아 있으니까.
지도를 제작하려면 책등과 책등 사이 틈을 비집고 걸어
야 한다

사람은 접어야 한다
어떨 때 접다 보면 여고
어떻게 접다 보면 남이다
화장실 갈 때 잠시 남이다
화장실 들어갈 때 문득 여다

어둠을 파고드는 스파클러 반짝이는 침엽

무엇이 생명의 뇌관을 건드렸나?

그것은 장미가 될 수 있었고 고양이도 될 수 있었다. 암
탉이 며칠째 품고 있는 동그란 것을 향한 도화선이,

빛을 내며 터지는······

(어둠을 파고드는 스파클러 반짝이는 침엽

　알을 둘러싸는 가깝고 불확실한 무엇의 힘 ······

　영혼 ······ 의지 ······)

손을 들어 (왼손인가? 오른손인가?) 펜을 쥐고,

탁자 위에 놓인 백지 한 장이

펜을 끌어당길 것이다 (손은 펜에 끌려갈 것이다)

'사람'이라고 쓰면 안 된다고 무엇이 속삭인다 (손의 요
정?)

멀고 불확실한 형체가 둘러쌀 분명한 물질이 백지에
(펜-삽) 묻혀야 할 것이다.

(어둠을 파고드는 반짝이는 침엽 스파클러 빛살

　펜을 둘러싸는 가깝고 불확실한

　무엇의 힘 ······ 영혼 ······ 의지)

"물 핵산 단백질 지질"······을 둘러싸는 "*무엇?*"

"물 핵산 단백질 지질"을 둘러싸는 "빛"

"빛"의 다른 쪽 끝은 "수정체"

도화선의 한쪽 끝은 "*무엇*"

"*무엇*"이 점화되면 "영혼" ······ "천사" ······ "유령" ······ "힘"
······ "의지" ······ "요정" ······ 이 터지고 반짝이며 불탄다

도화선의 이쪽 끝은 "몸" ("몸"이 문제다. "몸"은 없다. "누
군가의 몸"이 있다

피륙을 풀어내는 손, 풀리는 실을 감는 손

몸(피륙)이 문제다

문제를 풀어내는 손, 문제를 내놓는 손)

그것은 장미가 될 수 있었고 고양이가 될 수 있었지만

몸으로 몸을 내놓는 것은 언제나 여성이다 (멀고 불확실한
형체가 둘러쌀 분명한 물질)

도화선의 이쪽 끝은 몸이고, 몸의 미래는 항상 여성이
다. (여성이 백지이고, 여성이 펜을 당긴다.)

몸이 몇 개월째 품고 있는 동그란 것을 향한 도화선,
빛을 내며 터지는……
(어둠을 파고드는 스파클러 반짝이는 침엽
 몸을 둘러싸는 가깝고 불확실한
 무엇의 힘 …… 영혼 …… 의지 ……)

딸기에서

여자의 그림자가 말했다
"너의 피는 어디서 왔니?"
(그림자는 언제나 말을 불쑥
끄집어내어) 여자의 뺨이 노을로 얼룩진다

여장 남자의 말,
"딸기에서 …… , 혈관을 묶어 봉인하는 거다.
딸기 꽃떨기로 되돌아가지 않도록."
이번에도 (여장 남자의) 그림자는
여자의 귀에 속삭인다
"언제나 딸기 풀로 돌아가고 싶어.
녹색 줄기나 톱니 모양의 잎이 …… "

딸랑딸랑 …… 딸기는 청각을 통해
식물의 귀를 발견하고 딸랑
딸랑 딸기는 갸웃하는 움직임 ……
갸웃갸웃 …… 소리에 예민한 삶을 깨운다

삶의 차가운 코끝 직전까지 야행한 피의

삶은 껍데기 안의 세포나 분자를 추적하는 임무 (말을
준비하고 있다)

삶 그림자의 어두운 소리,

"너는 껍데기만 남자구나.

너의 행로를 되짚어가면 여자에 닿니?"

(트랜스젠더) 그림자가 말했다

"세포분열 때 피의 그림자 …… 피의 정신 …… 피의 하
악질 ……

삶의 쓰아악 …… 삶의 헐떡임 …… 피의 무의식 ……

돌의 무의식 …… 식물의 의식 …… 무의식의 말 ……

말의 그림자 …… 그림자의 행로 ……

(말의 세포분열)

유방 …… 구슬(말) …… 젖꼭지 …… 딸기 ……

딸기 꽃떨기(말) …… 딸기꽃 흰 꽃 …… "

여자의 그림자가 말했다

"너의 피는 어디서 왔니?"
여장 남자의 말, 말의 그림자
"…… (여자에서 …… 남자에서 ……)
딸기에서……"

가죽 안에

엉겅퀴가 있다. 반항하려 솟는 가시와 혓바닥 색깔의 머리. 머리를 들고 꼿꼿이 서 있는 꽃. 꽃이 머리가 아니라 성기에 가깝다는 인간적 속설에 의하면 물구나무서 있다.

엉겅퀴는 바람에 흔들릴 뿐 기거나 걷지 않는다.

엉겅퀴를 보는 눈 안에, 질긴 가죽 안에 그들이 있다. 그들은 단수다. 그가 그이고 동시에 그녀이고 한편으로 그이고 동시에 너이고 한편으로 나이고 동시에 그이니, 이렇게 말하거나 쓰는 화자는 단 하나이면서 그들이다.

그들은 엉겅퀴를 보고, 나는 걸어가 비슷한 색깔의 혀로 휘감아 뜯어 입 밖으로 거품 침을 흘리며 질겅질겅 씹는데, 너는 손으로 꺾어 가지려다, 그는 가시에 찔리며 혓바닥만큼 질긴 식물의 가죽을 맛본다.

가죽 안에서 너는 이마에 솟은 뿔을 낯설게 느끼지만, 나는 누군가가 그 뿔을 잡고 함부로 밀고 당기는 낯선 힘을 느끼고, 그녀는 트럭 뒤 칸으로 이어지는 비스듬한 통로의 쇠와 목재의 감촉을 디디고 있는 발바닥으로 느낀다.

우리는 트럭에 실려 어디론가 끌려갈 모양이군. (오랜만에 그들과 나는 우리가 되어 생각을 공유한다.) 이제 우리는 트럭 짐칸으로 우리를 유인하는 그들과 맞설 수도 있다.

그들은 우리를 끌어가려고 하고, 우리는 끌려가는 것이니, 그들과 우리는 다르다고 할 수 있지만, 우리의 가죽 안에 있는 누군가와 그들의 가죽 안에 있는 누군가는, 그렇게 멀리 되짚어 보지 않아도, 그들이 곧 우리이고 우리가 곧 그들임을 알아챌 것이다.

그들이나 우리나 모두 코뚜레 한 것들.

모두 죽으러 가는 것들.

이동, 꼬리

살아 있다고 자각하지 않아도 살고 있다. 자, 내가 숨 쉬고 있어, 폐 부근이 오르락내리락하는 걸 의식하고 관찰할 수 있을 뿐, 숨 쉬는지 모르고 숨 쉰다.

공기가 있다, 숨 쉬고 있다, 고 그가 새삼스럽게 깨닫는 건 아마 어딘지 모를 장소가 담고 있는 예측할 수 없는 낯선 공기 때문, 이전의 들숨이 지금의 들숨과 느낌이 다르다고, 다음번의 들숨이 어떨지 알 수 없는 채, 날숨 다음에 들숨이 교차되지 않고, 날숨만 계속되거나 호흡이 불가능할 수도 있다는 불안한 낌새가 머리를 바닥으로 끌어당긴다.

큰 눈 때문에 눈까풀의 끔벅임이 유난히 느리게 왕복하는 윈도브러시 안쪽에서 덜컹거리고 울렁거리는 바닥만 볼 수밖에 없었다. 차라리 눈을 감는 게 낫겠다고 생각했지만, 눈을 감으면, 보이지 않는 캄캄함 전체가 불안의 몸집이 되었으니, 눈 뜰 수밖에.

눈 뜨고도 바깥을 본다고 할 수 없다. 그의 눈은 유리체 안쪽 나를 보지만, 시각은 매끄러운 면이 되지 못하고 울퉁불퉁하게 이지러지거나 단속적으로 끊긴다.

비좁은 장소에 촉각이 난무하며 기승을 부린다.

네게 꼬리가 있었다니 놀랍다. 꼬리가 없는 것들보다 꼬리가 있는 것들이 더 많으니 놀랍다는 내가 더 놀랍다고 너는 말하겠지.

눈으로 봤다면, 모든 것을 그렇게 믿어 버렸을 것이다. 네 꼬리가 목덜미를 스치거나, 얼굴 특히 콧잔등이나 인중을 쓰다듬고 지나갈 때, 나는 내게 꼬리가 있다는 것을 어렴풋이 짐작했다. 너는 나니까, 적어도 나만은 내가 너의 안쪽에 있다는 걸 믿으니까.

꼬리는 지름이 1.5미터를 훨씬 넘거나 조금 못 미치는 것 같다. 꼬리가 원을 그리며 회전할 때, 왼쪽 뱃구레에 닿았다 오른쪽 뱃구레에 닿으니까, 오른쪽에서 왼쪽으로, 그 반대일 경우도 있다. 뱃구레를 넘어 목덜미를 스칠 때도 있다. 약간 짧은 머리카락이나 약간 긴 수염 같은 꼬리의 끝이. 그렇다면 좀 전에 스쳤던 꼬리는 네 꼬리가 아닌 내 꼬리일 수도 있다. 하지만 그게 뭐 대단한가, 나는 너인데.

보는 것에는, 보는 자가 있고, 보이는 자가 있다면, 감촉에는, 만지는 자와, 만져지는 자, 보다는 무엇과 무엇이 닿는, 스치는 순간이 있다. 눈 감는 순간, 나는 이미 안다, 내가 희미해지는 것을, 어쩌면 나는 없고 너만 있다는 것을, 하지만 내가 없이 어떻게 네가 있겠는가, 너는 하나가 아닌 여럿이다. 비좁은 장소에 여럿의 너들이 있다, 꼬리와 꼬리가 엉키고, 자기 꼬리가 다른 뱃구레를 치고, 자기 뱃구레가 다른 꼬리에 닿는, 너 옆에 그가 있다. 여럿의 그들이 있다. 감촉은 너와 그와 나를 구분하지 않고 서로 닿고 서로 느낀다.

이 비좁은 장소와 낯선 공기는 좀 전까지는 몹시 흔들렸고 지금은 잠잠하다.

계류

어떤 낯선 장소가 나의 존재를 결정해 주는 것 같다. 항상 그렇듯이, 지금의 나는 내가 아니라 갇혀 있는 자다. 나는 너, 너들과 함께 있다, 함께 갇혀 있다. 아무도 여기서 나가려는 시도를 해 보지 않았지만, 우리는 끌려왔고 갇혀 있다.

내 눈에 보이건대, 너, 너들은 ?다. 내가 너, 너들과 다르지 않은 것 같으니 나 또한 ?라고 불리겠지. 하지만 나는 나일 뿐이고, 너는 너일 뿐이니까, 나와 너는 다를 수밖에 없으니까, 라고 끝내 고집한다면, 나는 무엇일까, 여기에 있기 전에 나는 무엇이었으며, 그렇다면 나는 너, 너들과 달리, 우리를 끌고 온 자, 자들과 가둔 자, 자들과 같은 것일까.

지금은 내가 있는 장소가 나의 존재를 결정해 주는 것 같다.

너, 너들은 이곳이 어떤 장소인지 모른다. 그게 은총이다. 먹을 건 없지만 물은 마실 수 있고 닦달하는 고삐로부터 풀려난 갑작스런 자유와 고요가 약간의 불안을 꺼내기도 하지만 대체로 평온하다. 너는 너들 사이에서 기억을 되새기며, 지금 행동하기 위한 되새김이 아니라 가만히 지금으로부터 분리하여 망각으로 녹아 흡수되기 위한, 되새김이 너의 눈을 감겨 명상으로 이끈다.

명상이란 게 원래 너 자신을 조금씩 줄이면서 나를 조금씩 키워 비대해지게 하는 게 아닌가. 그게 고통이다. 죽음의 순간보다 죽음에 이르는 영원히 제자리걸음하는 기나긴 고문.

비좁은 열차 칸에 짐짝으로 내팽개쳐져 며칠 지낸 냄새 나는 분비물을 말끔히 씻기 위해 옷을 벗고 샤워실 앞에 대기하고 있는 유대인들이 너들, 너라면, 지금이 무엇이고 이곳이 어디인지, 샤워실이 가스실이고, 숨을 멎게 하고 생명을 쪼그라뜨려, 나신을 고깃덩이로 되돌려 보낼 것을 알고 계획했던 나치 대원들이 나들, 나이다.

나는 너, 너들을 가둔 자들, 그들이면서 나, 나들을 가두게 된 그들이고, 동시에 지금이 무엇이고 이곳이 어디인지 모르는 너, 너들이다. 나는 지금의 이 행진을 멈추게 할 수는 없을지라도, 너들 중에 너를 갇힌 장소에서 빼내어 갇힘의 바깥으로 풀어 줄 수 있을지도 모른다.

아, 너의 생사여탈권을 가진 나라니, 너, 너들의 생사여

탈권을 가진 그들이라니!
너, 너들이면서 동시에 그들인 나라니!

끝을 통과하는 지금

소년들 사이로 오소리 한 마리가 갑자기 튀어나왔다. 왜 그랬는지 알 수 없지만, 스페인 사람들에게 과일을 따 주었다가 손이 잘린 아즈텍 사람들처럼. 그저 장난스럽고 다정하지만 미숙한 행동이었다. 지도교사는 안장주머니로 달려가서 1911년 형 45구경 콜트식 자동소총을 꺼내 오소리를 향해 쏘기 시작했다. 2미터 앞에서 쏘았지만 모두 빗나갔다. 결국 5센티미터 옆에서 총을 쏘았다. 이번에는 오소리가 시내로 굴러 떨어졌다. 경사면에서 굴러 떨어지면서 피 흘리며 죽어가는, 떨고 있는 슬픈 얼굴을 나는 보았다.*

순간을 연장할 수 있을까, 내 안의 그가, 내 밖에서 고삐를 잡아당기는 이 순간을. 육백여 킬로그램 안에 그가 있었고, 그가 나라는 걸 알아차리는 순간이 있을까, 결국.

지금의 발걸음 다음 발걸음을 아는 듯 그가 나를 이끌고, 나는 예전의 모르는 눈망울 그대로 눈까풀을 끔벅이며 약간 비탈진 오르막을 미끄러지며, 내 몸무게 전체를 뒷다리 발목으로 지탱하며 오른다. 지금 다음이 무엇인지 모른 채.

나만 지나갈 수 있는 통로를 지나 다음 장소에 도착, 여전히 고삐를 잡고 있는 그가 가만히 돌아서서 나를 잠깐 마주 본다. 그의 눈동자는 나의 육신으로부터 나를 뽑아내어 내 바깥의 그의 육신으로 옮겨 가는 통로 같다.

　쇠파이프로 만든 작은 곡괭이가 이마 가운데 정수리를 향해 빠르게 꽂힐 듯 내려온다. 외마디 비명이나 울음 같은 건 없다. 소리 없이 잠시 그대로 서 있는데, 나를 나라고 하는 의식이 이미 떠나 버렸는지도 모르겠다.

　다시 내려찍으니 이것이 죽음. 네 다리가 꺾이며 육백 킬로그램의 육신이 주저앉는다. 나의 죽음 속에 그는 살아남는다, 나의 육신 속에. 나의 죽음 속에 살아남은 그의 눈이 끝을 통과하는 지금을 바라본다.

　그는 내 몸을 약간 옆으로 뉘어 심장에 칼을 집어넣어 피를 모두 빼낸다. 핏물이 바닥을 두껍게 칠한다. 물로 온몸을 세척하고, 칼날을 눕혀 조심조심 껍질을 벗긴다. 목을 절단하고, 목에 쇠고리를 걸어 힘껏 들어 올려 약간 높은 벽에 기댄 채, 아이를 출산하듯 팔과 다리를 한껏 벌린 채, 복부를 칼로 갈라 쏟아지는 엄청난 양의 내장을 대형 플라스틱 대야에 받아 허파와 간을 분리하고 위와 장을 분리한다. 대장의 오물을 제거하고 칼로 절단한다.

내 근육 안의 그가 살아남아 꿈틀한다. 내 안의 그가 살아남아 도르래를 이용하여 내 몸체를 천장에 매달아, 사다리에 올라서서 전기톱으로 내 몸을 잘라 이등분한다, 내 몸 안의 그가 살아남아, 무게를 잰다.

그는 죽었고, 나는 살아남아, 그의 살에 파묻힌 뼈를 발골하였고, 그는 살과 뼈로 분리되었다.
그는 죽었고, 그가 생각하고, 말하고, 쓰는 것이 불가능하지만, 나는 그의 살에 살아남아 말하고 쓰며, 나는 그의 뼈에 살아남아 계속 생각한다.

* 윌리엄 S. 버로스, 조동섭 역, 『여행 가방 속의 고양이』(뿔, 2011).

계류와 점화의 시

김예령(번역가·서울대학교 불어불문학과 강사)

> 어떤 낯선 장소가 나의 존재를 결정
> 해 주는 것 같다. 항상 그렇듯이, 지
> 금의 나는 내가 아니라 갇혀 있는
> 자다. (……) 아무도 여기서 나가려
> 는 시도를 해 보지 않았지만, 우리는
> 끌려왔고 갇혀 있다.
> —「계류」에서

아퀼. 오늘은 'accul'이라는 프랑스어 단어에 대해 생각
했다. 오늘의, 아퀼. 뜻을 알지만, 그래도 사전을 찾아봤다.
이 단어는 우선 하나의 장소로서 배를 정박시킬 수 있는
해안의 작고 후미진 곳을 지칭하고, 비유적으로는 막다른
궁지를 뜻한다. 프랑스어를 모어로 쓰는 사람이라면 '아퀼
에 처하다.(être àl'accul.)'라는 표현을 '만(灣)에 있다.'는 직
접적인 뜻으로 받아들이지 않을 것이다. 그것은 무엇보다
도 '궁지에 빠지다.'라는 말로 돌려 이해된다. 안으로 파고
들어와 있는 어떤 장소, 또는 그 형태로 빚어지는 실존의
감각을 지칭하는 이 어휘 '아퀼'에서 고정은 완강해지고,

머무름은 연장되며, 계류(繫留)의 기분이 좀처럼 이동 없는 저기압처럼 깔린다. accul은 계류장이다. 그것은 거기서 나가려 하지 않는 내 존재를 결정해 준다.

그 단어를 제목으로 삼은 한때의 외국 시*도 한 편 알고 있다. 어째서인지 그 시의 제목은 후에 작가 자신에 의해 삭제되었지만, 그걸 짓게 된 모티프야 당연히 변경되지 않는다. 전기적 사실은 애초에 한 예술가 친구를 떠올리며 쓴 그 시가 창조에 앞서 오는, 또는 창작에 동반되는 고뇌와 고독을 읊은 것임을 전한다. 어디까지나 연구자들의 추정이겠지만 그래도 고증이 함께한 타당한 추정이다. 그 모양을 어떤 결락(缺落)을 떠올리는 흰 공백 '◇'으로 도형화할 수 있을 계류장의 쓰임새는 적어도 창작이라는 측면에서 미루어 볼 때 영락없이 그런 것인가? 끌려와 갇혀서 나가려 하지 않는 궁지, 유예, 계류, 계책.

이제 펴 든 채호기의 시들이 유독 그러한데, 어떤 경우에 창작은 그 자체가 내내 궁지의 연장, 바꿔 말해 계류와 긴밀하게 연결된다. 피차 너무 긴요하고, 가까워지고, 함께 붙어 있어서, 창작에서 계류를 떼어 내는 일, 창조에서 그 이외의 상황을 생각하는 일이 글을 쓰는 이에게 불필

---

* "bon bon il est un pays"로 시작되는 베케트의 프랑스어 무제시. 베케트가 처음에 'accul'이라는 제목을 붙였으며 후에는 영어로 'at bay'라고 토를 달기도 한 이 시는 그의 친구이자 네덜란드 화가 헤르 판 펠더를 염두에 두고 쓴 작품으로 알려져 있다.

요하거나 거의 윤리적으로 불가능하게 여겨질 정도로 말이다. "*시 쓰기는 언어를 궁지로 몰아/ 쥐구멍에 빠뜨리는 일이다*".(「우뚝한 돌 그리고 구멍」) 이와 같은 경우에 계류와 해방, 멈춤과 움직임, 혹은 불모와 생산은 서로의 바깥에 놓이는 단절된 상태나 별개의 운동이 아니다. 오히려 그 반대다. 그것들은 하나의 시적 이미지가 출현하기 위해 요구되는 최소의 거리이자 최대치의 간극을 도출하면서, 생성의 면 위에서 서로가 서로를 향해 상호적으로 작용한다. 바꿔 말하면 창작의 시공간에서 계류와 해방은 서로가 서로를 향해 긴장된 "대칭" 관계를 형성한다. 능숙한 조경사들의 작업 비결이 시 쓰는 자에게 시사하듯이. "조경사들은 땅에서 뽑아 올린 굵은 뿌리를 잘라 낼 때 뿌리와 가지를 대칭되게/ 잘라 내야 이식한 나무의 생명을 담지할 수 있다고 한다."(「신체가 있다」) 그로부터, 시는 말하는 자 즉 주체가 제 특이한 계류를 기획하고 확보하는 자리, 언어가 스스로를 덫에 빠뜨리며 독자적 주체의 부식을 조장하는 가운데 궁지의 이중적 힘이 발휘되고 담지되어야 하는 자리로 이해되리라. 채호기에게 계류는 한 존재의 고스란한 현전과 의식과 사유와 감각을 '둘'로 찢고,(가령 의식과 그 의식에 대한 의식으로, 시선과 그 시선에 대한 시선으로, 또는 '부상'하여 바라보이는 하나와 바라보고 '분석'하는 다른 하나로, 타자와 타자들로…… '둘'의 모순이여, 그것은 끊임없이 자기-지시하는(auto-référentiel) 하나이면서 또한 얼마나 많은가!) 이렇게 조각나며 생겨난 '둘' 사이에 "평행"의 "관계"를 수립하며, 다시 그 평행의 운동을 투영과 상호 조응의 양상하에 의지적으로 계속 확장, 연장해 나가는 말의 행위고 노력이다. 그럼으로써 마침내, 시간에 맞서며, 통상의 '나'가 들어설 시야에 시의 얼굴이 맺히게 하려는 각고의 자세다. "시간에 대항하여 흐름을 밀어내는 힘으로 자기부상할 때 나는 시간을 바라본다. (……) 레일에 평행으로 부상하여 흐르는 시간을,/ 시간을 밀어 올리는 나를 바라본다."(「자기부상 : 歸鄕에서」) 따라서 시적 생성의 조건으로서, 심지어 그 내용이자 사연으로서 계류는 그저 속절없는 붙들림이기는커녕, 본질적으로 붙들림에의 붙들림인 동시에 더할 나위 없는 차이의 붙듦, 동일성의 의도적인 놓침이기도 하다. 주도권을 독점하지 않는 둘의 건설을 위해 뺏김의 상호 교환과 미묘한 차이들의 분기가 펼쳐지는 이 복합적인 언어 생산의 전체 양상을 한눈에 재단하는 대표적인 예는 아래의 다이어그램일 것이다.

(물에다 쓰던 시를 베끼고 말았다)
(시에게 쓰던 물을 뺏기고 말았다)

—「시에게 쓰던 물을 뺏기고 말았네
물에다 쓰던 시를 베끼고 말았네」에서

계류된 자는, 계류에서 벗어난다고 느끼는 순간, 섬광 같은 분출이 드디어 일어나는 바로 그 찰나에, 황홀 속에

벌써 제 해이를 탓할 것이다. 분출은 포착되는 동시에 이미 아로새겨진 과거의 각인, 섬광 같은 움직임이 남긴 점화의 흔적이 되어 있으니, "아아, 기어이 내가 너를 죽였구나."(「아아, 기어이 내가 너를 죽였구나」) 하여 그는 계류와 해방이 서로의 조건이자 이명(耳鳴)에 지나지 않는 그 상태로, 붙들려 버티는 힘과 붙드는 힘이 분지해 팽팽히 평행을 이루는 현재적 지점으로, '나'가 끝나면서 '나들'의 씨름이 말의 새로운 생명을 발아시키는 공통변으로 부단히 되돌아오려 하리라. 시는 그 같은 왕복운동 속에 한 편, 한 편, 계류에 어울리는 발걸음을 옮긴다. 영원한 "제자리걸음"(「계류」)을. 자초한 궁지 속에서 줄기차게, 심지어 야심 차게.(그것은 언제나 제 충동과 욕망을 문제 삼고, 손안에 호두를 굴리듯 그 단어들을 거듭 되뇐다.) *"말은 충동들이 생산하는 환영의 의지된 반복"*,(「내 앞에 있는 이 사람은 내가 아니야」) 일반적으로 계류란 사건의 유예, 말하자면 '도래하지 않음'의 계속성을 전제로 하는데, 붙듦을 붙드는 시인은 그것에다 도래하는 것을 포착하는 감각의 '긴 간직'이라는 의의를 포개려 한다. 그것이 '도해'의 역설적인 기능이기도 하다. 도해적인 글쓰기는 시간의 개입과 그로 인해 초래되는 사태, 즉 필연적으로 누락과 삭제(rature)를 통해서 오는 것으로서 생성을, 바로 그 시간의 간섭을 제거하면서 드러내려는 붙듦이므로. 운명적으로 메두사, 곧 현시와 화석화의 위태로운 공존인 다이어그램은 제 굳은 안간힘이 말하자면 다이나모그램

(dynamogram)의 증표이기를 바란다. 제 안에서 뇌관과 기폭 회로가 해뜩이기를 바란다. 움직이는 가운데 움직이지 않으면서. 움직이지 않는 가운데 움직이면서. 재에 묻힌 불씨, 재가 돋우는 불씨.

전반적 구성의 측면에서, 대면성과 힘의 긴장된 대칭 관계를 바탕으로 언어와 시각 이미지를 접붙이는 채호기의 시들은 자연히 계류의 지속과 지탱, 나아가 그 역설적인 진척을 추적하는 의식이 스스로의 분열에 대한 체감적 성찰을 시각적으로 장면화("시는 이미지로 사유하는 것", 「우뚝한 돌 그리고 구멍」) 무대, 혹은 그 같은 작정하에 제 속에 이는 환상을 면밀히 사출하는 스크린의 특질을 띤다. 또, 시집은 영도(degrézero)의 언어에 머문다 할 시구들 및 연작시들의 세심한 배치를 통해 저 자신의 관심 주제는 곧 저 스스로의 설계, 제 사유-이미지의 설비 가동임을 드러내며, 이 주제의 다양한 변주를 의식의 독백극처럼 전개하는 가운데 그 무대가 결국은 시인의 시론의 입체적 이미지화, 혹은 이미지화된 시론의 다각적 게시장임을 명백히 한다. 거울, 수면, 창문, 부상과 분석…… 시로 '관-념'의 도면을 설계하려는 꾸준한 글쓰기 성향은 마치 창작의 해와 회가 거듭될수록 제가 정한 원칙으로 점점 더 스스로를 결박하듯, 약동하는 시적 이미지나 감미로운 서정의 살을 소산시키는 방향으로, 기예를 솎아 내는 방향으로, 그러고서 남는 "아무것도 아닌" "울룩과 불룩"(「아무것도 아닌」)을 추려 내는 쪽으로 가닥을 잡았다. "*언어는 덫에 걸리고/ 불구가 된 채/ 사라지지 않고 부스러기가 되어/ 그 물질성으로 이미지의 디테일을 구성한다*".(「우뚝한 돌 그리고 구멍」) 거의 이미지 없는 이미지의 발굴, 차라리 발굴에 맞먹는 그 기획을 가장 경제적으로, 다시 말해 최대한 황폐하게 축소된 범위에서 수행할 시의 발화자는, 시가 투영되는 스크린과 동일하게, 두개골이리라.

이번 창작에서 두드러지는 시의 처소는 그러니까 거기다. 궁지의 끝장, 계류의 궁극인 두개골. 그저 구멍 세 개로 이루어진 두개골-기계는 제 언어-이미지라는 거울 앞에 머물며 제가 보는 낯선 것을 말한다. 제가 말하는 주인 잃은 것을 본다. 니체적 주체인 광대(histrion)의 무한 변신에 감응하고 자신이 분산되는 추이를 "망각 박막"(「망각, 모르는 게 뭔지 모르는 두려움」)에 감광하면서. 간혹 학습이 부족한 인공지능처럼 순전히 연상 작용에 의해 연쇄되는 자잘한 단어들과 말줄임표와 동음이의어들을 흰 스크린 군데군데 검은 오점(litúra)처럼 배설하면서. 추를 매단 듯 무겁고 움직임과 속도가 제거되다시피 한 이 발화자-무대의 시 창작은 '둘로의 분열'이라는 유폐된 왕복 공간에서 "언어 불능"(「우뚝한 돌 그리고 구멍」)을 제 추진력으로 선택한다. 그로 인해 독자-관객은 질식할 듯하다, 이 무슨 고역이람. 그러나, 「컨테이너 바다」가 고백하듯, 욕망과 비밀처럼 깊고 검은 그 "컨테이너"는 그 와중에서 제 불능과 함께 한껏 긴장하는 의식에게 또한 얼마나 넓고 뜨겁고 큰가. 독자-관객은 그로 인해 더더욱 질식할 듯하다, 이 무슨 고행이람. 그 검게 번들거리는 복판에서 두개골, 이것은 대체 무엇을 제 화두로 삼는가. 그도 그럴 것이, 두개골이야말로 화두가 던져지고 화두로 응축되는 적소이니 말이다.

두개골의 화두, 또는 "윤곽을 짐작할 수 없는 어마어마한 컨테이너가 욕망"(「컨테이너 바다」)하는 것은 바로 시 스스로 배태되는 최초의 장면에 입회하는 일, 그러기 위해 이미지-사유인 그것이 "최초의 …… 없는 이미지로"(「구혼자들의 고백이 발가벗겨지는 회로」) 들어가는 일이리라. 시집의 시들은 제 죽음에 입회하려는 욕망과 다름없이 그 염원이 실현 불가능함을, 당연히 알고 있다. 더구나 바로 그것이 그 시들의 말이 완전한 착란이나 발광의 에너지가 아닌, 실패의 저변까지 접근해 가는 사유의 추진으로 직조되는 주된 이유일 것이다. 그럼에도, 설핏설핏 시선을 가림으로써 욕망을 부추기는 "가늘고 옅은 줄무늬 비닐 커튼"을 들추고 뒤에 이어지는 시들을 펼칠 때, 우리는 무대 위 부스러기 노래가 제 언어-이미지들의 작동을 타고 순전히 그런 시에서만 가능한 안팎 합체의 공간을 제 거처로, 아니, 제 몸으로 구현하는 현장을 목격하기에 이르는 것이다. "자신을 알기 위해 바닥으로 파고든 사람은 이제 천장이 바깥으로 열린 우물 모양의 입 안에 있다. (……) 입안의 자신은 입안의 의문을 뱉어 본다."(「자신을 알기 위해」) 말은 스스로의 탄생에 대해 언제나 그 외부, 즉 발설 직전이거나 직후일 뿐이므로, 그 시간의 덫을 성공적으로 피하는 최적, 최선의 타개책은 논리상 최악인, 악몽 같은 유예 상태 속에만 담긴다. "아무리 입을 벌려도 소리가 나가지 않는다."(「질문이 무너진다」) 뱉어지는 의문인 말은 바로 그런 식으로 제 한계의 윤곽, 즉 벌어지는 입의 공간을 파내며, 그 같은 울룩-불룩의 블록 형성을 통해 제가 판 궁지를 제가 든 태(胎)의 현재로 교묘히 전환한다. 채호기 시의 배태 또는 탄생 전략은 이 공간 전환의 기술에 모아진다 해도 과언이 아닐 것이다.

합체라니. 우린 여태 의식이 시도하는 둘로의 무한한 나뉨, 계류의 이중적 역설, 그리고 그것들을 천착하는 언어의 고행을 말한 것 같은데, 이젠 그를 통한 합체를 거론하는가? 이야기가 나왔으니 말인데, 채호기에게는 일견 수수께끼 같은 특유의 믿음이 있다. "물질과 언어 사이의 거리가 그리 멀지 않다."* 단편적인 예로, 그에겐 동음이의어들 — 우연히 같은 이름을 갖게 된 다른 것들, 말놀이(pun)로 다져 나가면 앎과 향유, 의미와 감각의 만남 가능성(joui-sens)을 반짝 틔우는 저 라랑그(lalangue)의 작은 조

---

* 채호기, 「이미지로부터 자유로워지기 위해 이미지로부터」,《포지션》 2020년 가을호, 231쪽 참조.

짐들 — 에 대한 끌림이 농후한데, 그중에서도 시인에게 가장 강력한 인력을 발휘하는 단어 쌍은 의미심장하게도 '지면(紙面)'과 '지면(地面)'의 그것이다. 두개골은 제 언어-이미지의 발굴을 통해 '거리가 그리 멀지 않은' "지면과 지면의 에로틱한 합체"(「지면」)를 꿈꾼다. 그것을 위해 흰 종이 위로 언어의 완강한 질서를 들이받아 구멍을 뚫으려 하고("글쓰기는 흰 종이 위에 검은 구멍을 파는 일: 일상에 부비트랩 설치하기."), 그 진동으로 "지면의 백색 들판에" 솟는 "우뚝한 돌을 만나"려 한다.(「우뚝한 돌 그리고 구멍」) "도대체 이 지면의 돌과 저 지면의 구멍을 연결하는 통로가 있다는 말인가?"(「아무것도 아닌」) 한데, "발바닥 없는 사람은 없어. 입과 혀와 목구멍 없는 사람이 없듯."(「질문이 무너진다」) 바로 그 점 때문에 언어와 물질의 거리가 멀지 않은 것인가. 서서 감지하는 자의 몸 내부를 훑으며 발바닥에서 입까지 관통할 딱 그만큼의 거리가 시인을 유혹한다. 통로를 뚫어야 한다고. 아마도 이 시인이 사로잡힌 비밀의 핵심이 그 대목에 있으리라. 합체와 생성은 계류하는 신체를 가르며 등정하는 말을 따라 우뚝 솟아나는 현상과 구멍 뚫(리)는 공정 간에, 다시 말해 궤적과 더미 사이에 기적처럼 등식을 세운다는 사태를 말한다. 만년필을 쥔 손에서 반짝이며 점화하는 스파클러의 신호와 더불어 "지면에 돌과 구멍이 맞물릴 때/ 최초의 세계는 거듭거듭 생긴다."(「지면」) 보고 말하는 두개골은 지면을 붙들고 지면에 붙들려 씨름하다 마침내 보편과 법의 망 사이로 그 등식이 뚫리는 돌파선을 찾아내는 손의 다른 이름이다. 손은 두개골을 지탱하고 제 생성의 미세한 회로를 그 위에 그으니, 순간 여태껏 계류하던 모든 것을 가로지르며 "어둠을 파고드는 스파클러 반짝이는 침엽"(「어둠을 파고드는 스파클러 반짝이는 침엽」). 시집을 통틀어 가장 경쾌하고 유려하고 아름다운 것이 그 한 줄기 주문이다. 그럴 수밖에. 그것은 궁지의 복판, 말의 태중에서 '합체'의 찰나를 따라 빛나는 동시에 절대 속도로 흘러내리는 이미지-주문이니까. 환희하는 말놀이 "모세관 투명 튜브를 흘러가고 흘러오는 흘러오고 흘러가는 반짝임 탄성 탄생의 회로"(「구혼자들의 고백이 발가벗겨지는 회로」, 이 시는 뒤샹의 「큰 유리」에 대한 일종의 에크프라시스(ekphrasis)라고 봐도 좋을 것이다.)는 모든 것이 계류하는 이 전체 도면에 결핍되었던 흐름성과 여성성을 부여하고, 최초의 없는 이미지 안에 돌아가 갇히는 대신 그처럼 스스로 빛나며 흘러나온다. "햇빛에 반짝이며" "엎치락뒤치락 팔랑거리는 지면"(「지면」)인 이 수많은 입-잎들은 마침내 제 안에서, 제 안으로부터 여성-생성에 든 언어 그 자체다.

하지만, 마지막으로 덧붙이자, 시인은 그 기적이 언어와 실재 그 자체에서 일어나는 혼융이 아님을 안다. "그렇게 이 지면의 구멍과 저 지면의 돌은/ (……) 그렇게 일치하는 듯하다.// 그러나 입 저 너머의 구멍은 바닥을 알 수 없어 무엇이 끌어올려질지 모른 채 닫힌 이 지면에 달라붙고/

저 지면의 돌은 한 번도 꺼져 들지 않은 채 멀리서건 가까이서건 그대로다."(「아무것도 아닌」) '지면'과 '지면'은 어디까지나 두 개의 임의적인 언어 기호일 뿐이며, 그것들이 지시하는 실제 대상들은 이 같은 시적 차원의 합체 속으로 정말로 들어오지는 않는다. 실재와 언어의 행복한 뒤섞임처럼 폭발하는 스파클러의 반짝임은 언어의 완강한 질서 위로 "단어를 둘러싼 문맥, 단어와 단어의 화학적 결합 관계"(「지면」)를 문신처럼 투각하는 글쓰기의 일시적 불꽃이고 개별적 효과인 것이다. 하여 그저 "아무것도 아닌"이 일어났고, 일어난다. 의식이 아무리 스스로를 나누고 부숴 사라짐에 접근하려 한다 할지라도, 헛일이다, 그 많은 나들이 언제나 '나'로 수렴하는 것과 마찬가지로. 그런데, 바로 그렇기에 역설적으로, 사라지는 시는 결코 사라지지 않는다. 시적인 생성에는 실패가 예정될지언정 끝이 오지 않는다는 것일까. 끝은 늘 시작의 형태로 다시 온다. 시집을 닫는 맨 마지막 시 「끝을 통과하는 지금」, 그리고 그것을 여는, 그간의 일에 대한 기억이 없으되 제 몸 안에 어떤 우주적 관통의 궤적을 흉터처럼 아로새기며 "검은 별들을 지나 우주 공간을 통과하는 비행선은/ 몸 안에 궤적을 남긴다"라 읊조리는 저 제목이 감춰진 서시 사이의 조밀한 순환 관계가 그 사실을 입증하리라.

지은이	채호기

1988년 《창작과 비평》을 통해 작품 활동을 시작했다. 시집 『지독한 사랑』 『슬픈게이』 『밤의 공중전화』 『수련』 『손가락이 뜨겁다』 『레슬링 질 수밖에 없는』 『검은 사슴은 이렇게 말했을 거다』, 산문 『주고, 받다』(공저)가 있다. 김수영문학상과 현대시작품상을 수상했다. 현재 서울예술대학교 문예학부 교수로 재직 중이다.

줄무늬 비닐 커튼

1판 1쇄 찍음 2021년 10월 18일
1판 1쇄 펴냄 2021년 10월 29일

지은이 채호기
발행인 박근섭, 박상준
펴낸곳 (주)민음사

출판등록 1966. 5. 19. (제16-490호)
서울특별시 강남구 도산대로1길 62(신사동)
강남출판문화센터 5층 (06027)
대표전화 02-515-2000 / 팩시밀리 02-515-2007
www.minumsa.com

ISBN 978-89-374-0910-3 04810
     978-89-374-0802-1 (세트)

* 잘못 만들어진 책은 구입처에서 교환해 드립니다.

민음의 시
목록